めぐり水のとよのあかり

大石ともみ

思潮社

めぐり水のとよのあかり

大石ともみ

思潮社

めぐり水のとよのあかり

大石ともみ

目次

さくら　8

＊

天秤ばかり（一）　12
天秤ばかり（二）　16
天秤ばかり（三）　20
天秤ばかり（四）　24

＊

縄文の秋　28
里芋考　32
馬鈴薯のある風景　36

大根の思い出　40
新米礼讃　44
蒟蒻物語　48
めん　いろいろ　52
お茶の時間　56
山芋の朝　60

＊

競技場で　64
右手のために（一）　66
ル・レクチェ　70
遠い地図　74
シベリアの木　76

＊

土笛　80

夕焼け　86
右手のために（二）　90
ひかりの食卓で　94
めぐり水　98
あとがき　102

装幀＝三澤太樹

めぐり水のとよのあかり

さくら

宇宙の闇につりあう
地上の明かりを探すのなら
さくらの道を歩くといい

満開のさくらのもとにたたずめば
そこには
白い沈黙が
こんこんと湧いている

手をかざせば
ひんやりと
明るさも極まれば
もう闇とおなじ
なにも見えない
かたわらを行く
さんざめく人声は
太古からの潮騒のようだ

だから
さくらは
宇宙樹
過去と
未来とが
むすびあい

時の粒子はたゆたい
流れ去ることはない
もう会えないひと
まだ名付けられていないものたち
とうとう出会えなかったわたしたちの子どもにも
ここでなら会うことができる

*

天秤ばかり（一）

物の重さを量ることは
釣り合いをとることからはじまった
　　　　　　　　　　　　と
古典的な道具は
語りはじめた

まず
物には重さという

神秘があった

揺れ定まらない
二つの皿を見つめる
ときめき

それから
一瞬の静寂

つかのまの
歓喜がやってくる

神秘が開かれたかどうかは
わからない

均衡のうちに
物には　また
沈黙が帰ってくる

物の重さを知ることは
その沈黙を聴くこと

洋菓子店の厨房で
一グラムの粉砂糖を量り終えた
天秤ばかりは
しぶい思惟の表情でこう言った

天秤ばかり（二）

エジプト神話によれば
一方の皿の上には
〈真実の羽根〉を
載せていたというから

元始
天秤ばかりは
目には見えないものを量る
道具だったのだろう

洋菓子店の
あの小さな天秤ばかりも
古からの末裔であれば
皿の上に
たとえば〈時間〉などおいて
ひそかにその重さを
量っているのかもしれない

調理場の棚の上で
エヘン　咳払いを一つして
「一グラムの粉砂糖に
沈黙の重さがあるように
時間には
静寂という重さがある」と

洋菓子店の飾り窓
聖樹に灯りは瞬き
降誕祭が終われば
もうすぐそこに
謹賀新年
時間が美しい重さで
天秤ばかりの上に
やってくる

天秤ばかり（三）

物の重さを量るよろこびは
その沈黙を聴くこと　と

洋菓子店の厨房で
小さな天秤ばかりは
また語りはじめた

一グラムの分銅に
粉砂糖一グラム

二つの皿が
揺れ定まると

粉砂糖には
沈黙が降りてくる

沈黙に　在って
静寂に　無いもの

万華鏡の軽やかさで
沈黙は
澄んだ一音で
透明な旋律をかすかに響かせる

物の重さを量るよろこびは
沈黙の旋律が
祈りの音色に聞こえること　と
一グラムの粉砂糖を量り終えた
古典的な道具は
哲学者の面差しでこうも言った

天秤ばかり（四）

あれは
わが祖先の
大いなる過ちであったと

右側の皿に
一グラムの分銅を載せるとき
洋菓子店の天秤ばかりは
ふいに思いかえすことがある

もう　昔むかしのことだ
ギリシアの女神テミスに
恭しく請われたからといって
Justice
正義などというものを
わが皿で量るのではなかったと

どのみち
正義と正義の大鉈はぶつかり合う

あれからだ
世界は落ち着きをなくしてしまった

洋菓子店の厨房で
一グラムの分銅に見合う

一グラムの粉砂糖を量る
この日々のよろこびよ

今宵　天空のわが同胞は
星座のかたちでなにを量るだろう

二つの皿がささやき合うように揺れる
さあ仕上げだ
無口な菓子職人は一グラムの粉砂糖を
星くずを散らすように
祝い事の焼き菓子に慎重に振り掛けた

*

縄文の秋——谷澤 辿さんへ

里芋の季節になった
山芋　慈姑《くわい》
あの一徹な詩人が好んだ
根菜が
じきに並ぶようになる

聞けば
里芋は
縄文人さえ食していたという

あの細い糸ひく野菜たちは
概して　古の歴史を持つ
古今東西の思想が
慈雨のようにしみこんだ
土のなかで育まれたというわけだ

その頑固な形とは裏腹に
あっけないほど素朴な味わい
手を替え品を替え
縄文人から綿々と
万人の舌にかなうのだろう

ただ皮をむいたときの
あの痒みについて
縄文のひとたちが悩んでいたとは

想像しがたい
軟弱なる平成を生きるひと
わたしたち
未知なる調理法を試すべく
鍋の蓋などあけるのだが

秋
奇跡のように
実りのとき
縄文のひとたちの
純粋な祈りが
匙加減する
わたしの頭をよぎってゆく

里芋考

秋風が吹き始めると
里芋が食べたくなるのは
なぜだろうか

あの一徹な詩人が好んだ
この食材は
いやおうなくわたしに
はにかんだ笑顔を思い出させる

縄文期から連綿とつづく
その武骨なかたち
芋仲間の
ライバルである
馬鈴薯の華々しい進化を横目に
千年一日のごとく
あくまでも淡泊な味わいと
しっとりとした食感を身上とする

走りの里芋は
まずは衣かつぎ
薄い塩味を利かせ
しゃきしゃきと
芋茎の歯触りも好ましい
極上の三州味醂を含ませた

煮物は　もう少し
秋が深まってからだ

しかし　かの詩人と
里芋の滋味について
しみじみと語り合うこともなかったのは
つくづく不覚であった

さればとて
我が家人は
晩学の哲学に奔走中で
まず里芋の存在論から
始めるつもりだろう
ああ
いつしか衣かつぎの

衣も乾いてしまう

夜長にふさわしく
虫の音が聞こえてくる
感傷に傾きすぎる心は
箸休めにとどめ
まずは一献

十二号台風一過
東南東の風雨に磨かれた
月の光は
冴えに冴えて
今宵
上弦の月

馬鈴薯のある風景

里芋とくれば
ジャガ芋である

「男爵」「メークイン」はては「インカのめざめ」
二千年を超えるその来歴を保つためには
あらゆる食文化に溶け込む
無国籍ぶり
年がら年中出回る
けじめのなさを要した

という推量は一つの仮説にすぎない

かつて
理想の男性像を問われて
「ジャガ芋のようなひと」と答えた女優がいた

その比喩が
名言であったかどうかはわからない　が
斬新な見識ではあり
清純な容姿に
質実な暮らしぶりをも裏打ちしてくれた

画集を開ければ
ゴッホの《馬鈴薯を食べる人々》がある
あれは一日の労働を終えた家族の晩餐の図だった

一皿の馬鈴薯
すなわち調理されたジャガ芋から
立ち上る神々しいまでの光が
家族の一人一人を照らし出している

ジャガ芋は
痩せた土地をもいとわない
飢饉のときには生命をつなぐ
頼りがいのある根菜であるが
どこにでもころがっているジャガ芋
誉められもせず苦にもされず
平々凡々ジャガタライモ馬鈴薯

しかし
ジャガ芋がジャガ芋たるゆえんは

どのように調理されようと
そのうまみ食感が人に与える
不思議なやすらぎである

あれから幾星霜　女優が
ジャガ芋のようなひとと
めぐりあったのかどうかは知らない
ときおりスクリーンに登場する
清楚な印象は変わらず
決して大根の味わいではなく
ジャガ芋のそれ
ほっこりとしたなつかしさが薫るひとになった

大根の思い出

チカ子さんの
最後の晩餐は
大根の煮物だった

誰に問わずとも
それは確かなことだった

ステンレス鍋に
半月の大根

銀杏切りの人参
それに練り物

一人の食卓には
充分過ぎる残り物だった

冬の日々には
わたしたち
くる日もくる日も
清白の名もゆかしい
大根三昧

チカ子さんの
千六本にしたサラダ
短冊切りの煮なます

刺身のつまに桂むき
輪切りのふろふきを
「ふーふー」言って食べるのが好きだった

琥珀色に炊きあげた
厚切り大根は
共に愛でてくれる人があってこそ
うすい半月の大根には
チカ子さんの一人暮らしがあった

それでも
大根の煮物を食べて
明日も明後日もと
時間は続いていくはずだった

寒中のキリキリと底冷えの朝
チカ子さんは忽然と旅立った

最後の手料理として残された
大根の煮物は
〈友引〉をはさんで三日間
わたしたちをもてなしてくれた
味醂の効いた
やさしい甘味だった

新米礼讃

〈雑煮学〉を探求する
シモヤマさんによれば
全国で一番人気の雑煮は
新潟県のものだそうだ

米所の餅は格別としても
人参　大根　里芋
根菜類は言うにおよばず

山海の珍味も
華やかな一椀は
新年を寿ぐにふさわしい

「三河に旨いもんはないなー」
父の口癖
あれはふるさと自慢だった

父の在所からの便りは
木箱に入って届いた

春の笹団子にはじまり
もみがらに包まれた二十世紀梨

季節の産物にそえられた

祖母のカタカナ交じりの文字

旨いものはいろいろあれど
行き着くところ
一膳のご飯である

秋は目にもまぶしい
新米である

「よく噛んで食べなさい」

噛むほどに
飯粒の甘さは
米が伝える
ふるさとの土の匂い水の旨さ

白米に混ぜものは好まず
晩年は酒も飲まなくなって
父と杯をかわしたことは一度もなかった
明日は十三夜
豆名月
米所は酒所
銘酒〈越乃寒梅〉
越後の茶豆を供え
月のかなたにいるひとたちに
一献そなえよう

蒟蒻物語

傾いてゆく心を
振り戻すように
「こんにゃくを知っとるか」と
父が話しかけてきた

病室から見える
公園の銀杏が金色に燃えていた

〈こんにゃく〉は蒟蒻

わたしの辞書に
食材以外の意味はない

口数の少ない機械屋だった父
退職後の畑仕事
小松菜の種は一直線に蒔いた
打ち込んだ手習いの筆文字
計算通りにはいかない
かな文字の線を分析しようと
半紙の山ができていた

〈こんにゃく〉とは
あんちょく　あんちょこ　虎の巻
旧制中学時代の模範回答集のことだという

つまり
口に入れ喉もとすぎて
胃に収まっても
消化が悪い
ともかく
身にならない
身につかないことのたとい

生真面目な父に
どんな蒟蒻物語があったのか
あの日
聞きそびれてしまった

こんにゃくは不思議な食材である
原形をとどめることなく

取り合わせた食材の旨みを
受けとめることが信条
おでん鍋の醍醐味は
味の染みた蒟蒻にあり

病状のことは
一言も訊いてくることはなかった
人ひとりの一生もその形をとどめない
ただ旨みが染み込んだ
思い出をときおり味わう

めん　いろいろ

ヨウ子さんが
帰宅したことは
甘い香りで
すぐにわかった

無遅刻無欠勤
調理着を脱いでも
ふんわり甘い香りを
纏っているのだった

生クリーム　バター　チョコレート
それにいちご
十二月は甘さも深く濃くなる

クリスマスが近づいたことも
ヨウ子さんの香りでわかった

麵麭《パン》生地をこねた
一日のおわりには
麵が好きだった

おかめ
きつね
たぬき

美食とは無縁の
暮らしのつつましさ
ツルツルと
歳月のでこぼこも喉ごしで
清らかな味覚を
生涯保った

赤い革の定期入れに
ブロマイドなどしのばせ
面食いでもあったね

寒の凍みる夜には
霜が降りて甘くなった
青菜をゆで

大ぶりの塗り椀に
たっぷりと汁を張って
湯気にくもる顔を見ながら
サラサラ　ツルツルとはいかないことなど
ヨウ子さんと話してみたかった

お茶の時間

遠来の客にも
家族にも

茶をいれるのは
祖父だった

欅の茶櫃に
朱泥の茶器
火鉢にかけた鉄瓶

ずらした蓋からは
やわらかい湯気が上がっている

茶器が温まるのを待って
唐金の茶こぼし
祖母の運針でさした茶巾

真鍮の茶筒から
茶葉は「正喜撰」

「番茶だよ」と
鈍色の茶托で
すすめてくれる

わたしの渋茶好きは
祖父の形見

ある日
掘り炬燵におかっぱ頭もすっぽり入り込み
留守番をしていた
わたし

階段のきしむ音
ラジオの雑音
市松人形のまなざし
ガラス戸の揺れる音
ああ
絶体絶命
家中がわたしに襲いかかってきた

と
ポンポンポン
単車のエンジンを切る音

革のロシア帽をたたんで
直に祖父が磨りガラスの戸を開けて
茶の間に入ってくるだろう　そうすれば

もうすぐお茶の時間だ

山芋の朝

わたしの
食の歳時記は
いたって地味である

里芋
じゃがいも
大根
こんにゃく

浜育ちの祖母
手ずからの伝授
もう一品は
山芋
とろろ汁である

木綿のきもの
たすき掛けして
山椒のすりこぎを
ゴリゴリさせる祖母
縁側ですり鉢を押さえるのは
おかっぱ頭のわたしだ

祖父母っ子の
三文安い

食の半世紀は
どんな美味も
あのとろろ汁の一椀に及ばない
縁側の
朝の時間に帰ってしまう
ああ

やさしい朝の記憶
摺り下ろされた山芋は
歳月にのばされ薄められ
遠ざかるようで
どっこい
粘りのつよい食材である

*

競技場で——Kに

コロッセオの時代から
ここは
太陽と風の玉座

太陽も風も
オリンポスの
果実に挑む若者を見るのが好きなのだ

青空に雲のかたちで

アポロンの影が
通りすぎる

号砲がひびき
競技場が
歓声にわきたつ

コロッセオの時代から
ここは
人が風になれないことを知る場所

ここは
フィールドに立つすべてのものを
太陽と風が祝福する場所

右手のために（一）

その数
八十とも九十とも
左手のためのピアノ曲
ラヴェル　スクリャービン　ブリッジ……
右手の自由を失くしたピアニストのために

左手が奏でる
音の花びら

それは
恋歌
重く強ばる
右手のための
相聞歌

掌と掌を合わせる
そんな動作のなかにさえ
右手と左手のはるかな距離がある

身体のなかにとおい地図が広がる

右手とこの世界の悲しみが
重なって見えてくる

左手が奏でる
音の花びら

遠いとおい右手のために
この世界の悲しみにむけて
左手が奏でるピアノ曲

ル・レクチェ——卓上の幸福論

待つことができるものは
幸いである

と語った
古の賢人はいただろうか

来るものへのあこがれと
たえまない問いかけは
待つものの貌に

清んだまなざしを育む

バラ目　バラ科　ナシ属
セイヨウナシ
ル・レクチェ
フランス語の男性名詞

果皮の色はペパーミントグリーン
果肉は硬いまま収穫され
およそ四十日
ただ待つだけの時間をもつ

どんな明かりを灯そうとしているのか
そのかたちは　小さなランプ
待つものがやってくるのかどうか

それはいつも遥かなことだから
ただ宙からふるものに耳を澄ます

あこがれは組み直し組み直し
問いかけをきたえることで
果実はやわらかく
甘い香りを熟成させる

あらゆる幸福論を超えて
ライトイエローの
小さなランプ
美しい幸いのかたちが
テーブルのうえでかがやいている

遠い地図

二〇一〇年九月二十九日覚え書き

それは、一枚の地図だった。ディスプレイ上にモノクロ写真。画面の中心、大通りと思われる道筋をたどって、枝分かれの道を右下にとる。細い小径のわき、行き止まりのような路地に、小さな水たまりがあった。

「出血は、5ccほど、自然に吸収されていくでしょう」。医師は、夫の脳の断層写真を示しながら伝える。思いもかけない出来事に揺れやまないままのわたしに、医師の言葉は、泳ぐ魚。素早くてつかみきれない。ただ、あの水たまりは、どうやら夫の病痕らしかった。身体のなかに遠い地図がたたまれていることだけがわかった。

幼い日々のことをお互いに知らない。画面の遠い地図を漠と眺めていると、古いアルバムの写真が浮かびあがってくる。板塀の小径、氏神さまの銀杏の木。幼い日の遊び場。

おじいさんにしかられて、泣きべそかきながら行った保育園。縁側から落ちたときにできた額の傷。涙は、必ず乾く。遠い地図のなか、あの水たまりもにじみのあとを淡く残して乾いていくらしかった。

シベリアの木

抑留の地、シベリアの厳寒を生き抜いて還ったひとの話だ。北緯六十度、大陸の長い冬。ささいなことをとがめられての罰則に、夜、戸外に締め出しということがあった。

生と死の境に木が立っていた。ひととひとが寄り添っているだけでは凍え死ぬ。

そんな夜には、木を抱いてしのいだ。日が暮れきってしまうまでに、無言で木を選ぶ。

罰を受けるひとの数に合わせて木を選ぶ。手をつなぎあい、いっぽんの木を抱いて夜が明けるのを待った。

木に触ってみる。公園の木々にわたしも触ってみる。シーンと乾いた木の肌。木はあたたかいという。ひとの生命をつなぎとめておくほどに木があたたかいという。ほんとうにそうだろうか。木もひとも平和な時代に生きて、奥深くあるものはみんな見えにくい。

冬のシベリア。モノクロームの夜。ひとが木を抱いていたのか、木がひとを抱いていたのか。そうでなくては凍え死ぬ。一夜、ひとが姿をなくすほど、木はひとをくるみ、抱きしめてくれたにちがいない。

*

土笛

縄文のソラシド
土をこねて
この小さな土笛をつくったひとよ
あなたの土笛の音色は
ラの音　うぶ声に重なってくるのです

音程も音階も
そんな知識はなにひとつ持たなかった
縄文のひとよ

文字さえ持たなかったあなたが
その大きな手で土をまるめ　中をくりぬき
小さな土笛を焼いたとき
土笛は
あなたの胸のうちにある思いを
託すものだっただろう

両の手に土笛をのせ
くちびるにあて
音色を確かめる
あなたの耳が求めたものは
鳥の鳴き声でもなく
雨音でもなく
夜明けの空の色でもなく
夕焼けの匂いでもない

それはたぶん
あなたの妹の生まれた日
あなたの弟の生まれた日
それはきっと
あなたの子どもの生まれた日
ひとが恋しくて愛おしくて
耳に残っていたうぶ声を
土笛に写したに違いないと思うのです

縄文のソラシド
小さな土笛をつくったひとよ
世界のどこか
いま　このときにも聞こえる
うぶ声
肌の色は

白いひと黄色いひと褐色のひと黒いひと
それぞれ異なっても
この地球に生まれてくるひとはみんな
ラの音で泣きながら生まれてくることを知っていますか
島国に生まれたひとも
大陸に生まれたひとも
白夜の国に生まれたひとも
赤道の炎熱に生まれたひとも
澄んだ声のひとも
すこしかすれた声のひとも
みんなラの音で生まれてくることを知っていますか

宇宙飛行士が撮った地球の映像
四十六億年　生命を育んでなお
この青い星は

たったいま宇宙の闇に生まれたかのように美しい
青い大気をつらぬいて響きわたるラの音は
この水惑星が刻々にあげるうぶ声のようだ

雲のベールがかかる
なつかしい星　地球
二〇〇一年九月十一日
新世紀への希望は砕かれた
あれから世界中で
ガラガラ　ガラガラ　崩れ落ちる音がなりやまない

縄文のソラシド
野山を駆けこの土笛をつくったひとよ
わたしがこころ弱る日には
どうか思い出させてほしい

ひとがこころをこめてする仕事は
握りこぶしにも充たないこの土笛ほどの
小さなものであることを
縄文のソラシド
その腕に子どもを抱きこの土笛を吹いたひとよ
ひとが恋しくて愛おしくて
縄文のソラシド
あなたのこころが花びらのようにひらいて
いまわたしに語りかけてくる

＊土笛は、北海道・旭川の続縄文期の遺跡から見つかったもの
＊二〇〇五年四月十七日　愛・地球博　地球市民村〈いのちと平和のセレモニー〉にて朗読

夕焼け——ラルゴ

吉野　弘さん「夕焼け」に

発車間際に座席についた
若者は
なにはともあれ　と
スマートフォンを取りだす

膝に落とした視線
指先で触れる言葉
その横顔にはもう
文読むひとの

ベールがかかる

地といわず宙といわず
人の望むところ電子の波は届き
指先をすべらせていけば
世界の果てをもたどることができるという

電子の波を
世界で初めて流したのは
一九〇六年十二月二十四日のこと
ラジオの実験放送
電波に乗せたのは
ヘンデル作曲
「オンブラ・マイ・フ」
「なつかしい木陰」

クリスマス・イブの贈り物は
楽譜に記された速度記号
ラルゴ
世界という木陰で
ゆっくりと　かつ　ゆたかにあれ

新世紀
指先が触れるのは
よろこびの波
むしろかなしみの波

速度をゆるめ
電車が次の駅に停車した
白髪の老人が乗り合わせてきた

スマートフォンに目をやっていた
若者は
その上背を少しかがめて
はにかみの表情で席を譲った

車窓を見つめる
その横顔は
まだ指先に残る言葉をたどっているのか
名鉄名古屋本線
鳴海駅を過ぎたあたり
見渡す平野に
夕焼けが
ラルゴ
ゆっくりとかつゆたかに
落ちていくところだ

右手のために（二）

左手のピアニストが奏でる
バッハの「シャコンヌ」
無伴奏ヴァイオリンの一曲を
ブラームスが
左手のピアノ曲に編曲したのは
右手を傷めた
クララ・シューマンのためだった

消えてゆく
音の退き波

一音と一音のあいだに
深い黙《しじま》がきこえる

あれから四年
いまだ行方のわからない
妻を捜すため
夫は潜水士となって
海にもぐるという

身体一つで
海の黙を

聴くという

青人草《あおひとくさ》
古の物語では
ひとは
地に生うる青い草

一握りの土塊あらば
芽吹かずにはいない青い草

消えてゆく
音の退き波

一音と一音の
深い黙は

右手のかなしみ

かなしみは
いつか愛《かな》しみ
やがて愛《いつく》しみ
右手のために
一握りの土塊あらば
芽吹かずにはいない
ひとという青い草

＊二〇一一年三月十一日　東日本大震災

ひかりの食卓で

ギンガムチェックの小風呂敷を
ぎゅっと結び
食卓においた弁当箱
階段口から
「おくれるよー」と声をかければ
制服のリボン
あるいはネクタイを結びながら
あわてた様子で
きみは食卓につくのだろう

もう二昔も近い
超音波画像のなかで
きみはドクドクドクと
星の瞬きよりも確かに
左手首で確かめたわたし自身の脈よりも
ほんのわずか速い鼓動を伝えて
全速力でわたしたちの方へと翔けていた

ここは
東三河の山脈をのぞむ丘
食卓に届く風も光も
尾根をつたい谷をくだり街々をぬけ
遠く運ばれてやってくるのが見える

風や光が色を持たないのは
ひとが
日月を経糸に
風や光の彩色の緯糸で
思いのままにひと一人の物語を
織り上げていくためかもしれない

今年も柿若葉がまぶしい
きみの輪郭をふと思い描く日には
一年でいちばんやさしいみどり
萌木の色を入れている

めぐり水

「天天開心」は
旅土産にともらった言葉
雲南を旅した友は
「日々を楽しく暮らす」の意だという
楽しむことは
こころを開くことか
天からふる日のひかり

雨　雪　露　霜……
水のいろいろ

陸奥　毛越寺に伝わる
平安の雅
曲水の宴
遣り水から流れくる羽觴《うしょう》
狩衣
十二単
衣擦れの音もゆかしく
杯を上げ
一首の歌を詠む

めぐり水のとよのあかり
日々の岸辺にふりくる

遠近の悲喜は
天からの遣り水
この日々こそ
曲水の宴
めぐり水めぐるうち
天天開心
日のひかり
雨に
雪に
そして天にかかる霓《にじ》と虹
こころ開き
一編の生をうたわな

＊羽觴は鳥の形をした酒杯のこと（頭、翼、尾を象り背に杯が載る）

あとがき

「右手のために（一）」は、ピアニスト舘野泉さんの演奏をラジオで聴いて書いたものです。その後、コンサートホールで聴いた印象は、それとは少し異なるものでした。力強くしかも晴れやかな音色。「見えない右手が奏でている」と評されもするその演奏は、もはや、右手とか、左手とかは瑣末な事にさえ思える深遠な音楽があるというさりげなさです。音楽の聴き方としては、狭量に過ぎるでしょうが、いつからか、左手から奏でられるピアノ曲に、世界のありようと私たちの生とを重ねるようにもなりました。

ようやく四冊目の詩集を編むことができました。前詩集からの十五年は、家族を含め身近な人たちを次々と見送った月日でした。
二〇一三年一八〇号で終刊した詩誌「アルファ」。永谷悠紀子さん、谷澤辿さん、小園好さんをはじめ同人の方々と詩という場を共にさせてもらえたことは、得難い時間であったとあらためて思っています。ありがとうございました。

このたびの出版をお引き受け頂いた思潮社の小田久郎様、小田康之様。編集部の遠藤みどり様、装幀の三澤太樹様、こまやかにご配慮いただきました。ありがとうございました。

二〇一五年盛夏

大石ともみ

初出一覧

さくら　詩の講座プリント三九　二〇一二年五月

＊

天秤ばかり（一）　詩の講座プリント四〇　二〇一二年七月
天秤ばかり（二）　詩の講座プリント四三　二〇一三年一月
天秤ばかり（三）　詩の講座プリント四四　二〇一三年三月
天秤ばかり（四）　詩の講座プリント四五　二〇一三年五月

＊

縄文の秋　アルファ一二二号　一九九八年十二月
里芋考　アルファ一七三号　二〇一一年十二月
馬鈴薯のある風景　アルファ一七四号　二〇一二年三月
大根の思い出　アルファ一七五号　二〇一二年六月
新米礼讃　アルファ一七七号　二〇一二年十二月

蒟蒻物語	アルファ一七六号　二〇一二年九月
めん　いろいろ	アルファ一七八号　二〇一三年三月
お茶の時間	アルファ一七九号　二〇一三年六月
山芋の朝	アルファ一八〇号　二〇一三年十一月
＊	
競技場で	中日詩人集四九　二〇〇九年
右手のために（一）	きょうは詩人十一　二〇〇四年八月
ル・レクチェ	詩の講座プリント四二　二〇一二年十一月
遠い地図	詩の講座プリント三六　二〇一一年十一月
シベリアの木	きょうは詩人二　二〇〇一年八月
＊	
土笛	アルファ一四八号　二〇〇五年六月
夕焼け	書き下ろし
右手のために（二）	書き下ろし
ひかりの食卓で	書き下ろし
めぐり水	書き下ろし

大石ともみ

一九五六年愛知県生まれ

一九八三年『水系』（「私の詩の会」刊）
一九九四年『ルーシー　遠い虹のように』（樹海社刊）
二〇〇〇年『手ぬ花』（思潮社刊）

日本現代詩人会会員、中日詩人会会員
詩誌「方舟」、「水馬」、「アルファ」、「aube」、「きょうは詩人」を経て現在無所属
岡崎・豊田中日文化センター各講師

住所　〒四四四－〇〇七五　愛知県岡崎市伊賀町字四丁目六九番地一　松井方

めぐり水《みず》のとよのあかり

著者
大石《おおいし》ともみ

発行者
小田久郎

発行所
株式会社思潮社
〒一六二―〇八四二　東京都新宿区市谷砂土原町三―十五
電話〇三（三二六七）八一五三（営業）・八一四一（編集）
ＦＡＸ〇三（三二六七）八一四二

印刷所
三報社印刷株式会社

製本所
誠製本株式会社

発行日
二〇一五年十月十日